4 Stories in English & Spanish

Tell Me A Cuento
Cuéntame Un Story

Contents

W9-DJB-588

To Susan Coscio—
May your life
be full of
Stories!

Joe Hayes

2016

Mariposa, Mariposa

Once a butterfly—La Mariposa—lived in a little house on the corner of the street.

One day La Mariposa was sweeping in front of her house. She saw something shiny on the ground. She knelt down and discovered a little silver coin.

Mariposa, Mariposa

Una vez vivía una Mariposa en una casita en la esquina de la calle.

Un día estaba la Mariposa barriendo frente a su casa. Vio algo que brillaba en el suelo. Se arrodilló y encontró una monedita de plata.

La Mariposa said to herself, "What should I buy with this money? Should I buy some make-up and paint my face really pretty...? No. They'll say I'm a flirt if I do that... Should I buy some candy and eat it...? No. They'll say I've got a sweet tooth."

"¿Qué debo comprar con este dinerito?" se preguntó la Mariposa. "¿Compro maquillaje para pintarme muy bonita la cara...? No, que me van a decir ¡coqueta! ¿Compro dulces para comérmelos? No, que me van a decir ¡golosa!"

Then she made up her mind. She would buy some cloth and make a new dress.

She went to the store and bought some cloth. It was bright yellow with black spots all over it. She took it home and made a new dress. Then she put it on.

Well, everyone knows how good it feels to wear new clothes! That's how La Mariposa felt. She went outside and sat in front of her house—just wishing someone would come by and see how pretty she looked in her dress.

Luego se decidió. Iba a comprar tela para hacer un vestido nuevo.

Fue la Mariposa a la tienda y compró un trozo de tela. Era de un amarillo fuerte y cubierta de lunares negros. Regresó a casa e hizo un vestido nuevo. Luego se lo puso.

Bueno, todo el mundo sabe el gusto que le da llevar ropa nueva. Así le pasó a la Mariposa. Salió a sentarse frente a su casa, esperando que alguien viniera para ver lo bonita que se veía con su vestido nuevo.

5

In a little while someone came up the street. It was the Pig. When he saw La Mariposa he stopped. The Pig said, "Mariposa, Mariposa, how beautiful you are!"

She knew she looked pretty. She answered, "I know, I know. Don't you want to tell me more?"

Yes! The Pig wanted to say more. He asked, "Mariposa, Mariposa, will you marry me?"

Después de poco tiempo vino alguien por la calle. Era el Marrano. Al ver a la Mariposa se paró. Dijo el Marrano:
—Mariposa, Mariposa, ¡qué guapita que estás!

Bien sabía que se veía bonita. Le respondió: —Ya lo sé, ya lo sé. ¿No quieres decirme más?

¡Sí que el Marrano quería decirle más! Le pidió:
—Mariposa, Mariposa, ¿que te casas conmigo?

And she replied, "If I marry you, how will you sing to me?"
The pig grunted,

"GRMM-GRMM-GRMM-GRMM!"

"Ay!" said La Mariposa. "You would scare me with that!"
And the Pig ran on up the street crying, "Oi-oi-oi-oi!"

Y la Mariposa le preguntó: —¿Cómo me cantarás si me caso contigo?
El Marrano cantó:

—¡Ronk-ronk-ronk!

—¡Ay! —dijo la Mariposa—. ¡Que me asustarás!
El Marrano corrió calle adelante llorando: —¡Oy-oy-oy-oy!

7

Soon the Dog came up the street. He saw how pretty La Mariposa looked.

"Mariposa, Mariposa, how beautiful you are!"

"I know, I know. Don't you want to tell me more?"

"Mariposa, Mariposa, will you marry me?"

"If I marry you, how will you sing to me?"

The Dog began to bark,

"Ruff-ruff-ruff."

"You would scare me with that!"

And the Dog ran on up the street crying, "Bow-how-how-how!"

Pronto vino el Perro por la calle. Vio lo bonita que estaba la Mariposa.

—Mariposa, Mariposa, ¡qué guapita que estás!

—Ya lo sé, ya lo sé. ¿No quieres decirme más?

—Mariposa, Mariposa, ¿que te casas conmigo?

—¿Cómo me cantarás, si me caso contigo?

El Perro se puso a ladrar:

—¡Guau-guau-guau-guau!

—¡Me asustarás!

El Perro corrió calle adelante llorando: —¡Ju-ju-ju-ju!

Then the Cat came along.

"Mariposa, Mariposa, how beautiful you are!"

"I know, I know. Don't you want to tell me more?"

"Mariposa, Mariposa, will you marry me?"

"If I marry you, how will you sing to me?" The Cat meowed,

"Meoouuuuwww."

"You would scare me with that!"

Luego vino el Gato.

—Mariposa, Mariposa, ¡qué guapita que estás!

—Ya lo sé, ya lo sé. ¿No quieres decirme más?

—Mariposa, Mariposa, ¿que te casas conmigo?

—¿Cómo me cantarás, si me caso contigo?

Maulló el Gato:

—¡Miauuuuuu!

—¡Me asustarás!

But the cat did not run up the street. He walked around the house until he saw an open window and he jumped up inside. Then he curled up under the bed where it was nice and warm—and he went to sleep.

Someone else came along—the Little Mouse.

"Mariposa, Mariposa, how beautiful you are!"

"I know, I know. Don't you want to tell me more?"

Pero el Gato no se fue calle adelante, sino que dio vueltas a la casa hasta que vio una ventana abierta. Se metió por la ventana y se enroscó debajo de la cama, donde estaba calientito a su gusto. Y se durmió.

Vino alguien más—el Ratoncito.

—Mariposa, Mariposa, ¡qué guapita que estás!

—Ya lo sé, ya lo sé. ¿No quieres decirme más?

10

"Mariposa, Mariposa, will you marry me?"

"If I marry you, how will you sing to me?"

And the Little Mouse squeaked,

"Peep-peep-peep."

"Ay!" said La Mariposa. "What a pretty song! Yes, I'll marry you!"

And they went right to the church and were married. After the wedding they had a party, and by the time they got home it was very late at night. They were sleepy and they went to bed.

—Mariposa, Mariposa, ¿que te casas conmigo?

—¿Cómo me cantarás, si me caso contigo?

El Ratoncito le cantó con su vocecita:

—¡Pip-pip-pip!

—¡Ay! —dijo la Mariposa—. ¡Pero qué canción más bonita! Me caso contigo.

Y fueron a la iglesia y se casaron. Después de la boda hicieron una fiesta, y cuando llegaron a casa ya eran las altas horas de la noche. Tenían sueño y se acostaron.

But the Little Mouse was thirsty. He went to get a drink of water. And he never came back again!

La Mariposa called out, "Little Mouse, Little Mouse, aren't you coming back now?"

From under the bed a voice answered, "He's in my stomach now—meow, meow."

The Cat had eaten the Little Mouse! La Mariposa was heartbroken. She cried and cried.

Pero al Ratoncito le dio sed y fue a tomar agua. ¡Nunca volvió!

La Mariposa lo llamó:
—Ratoncito, Ratoncito, ¿que no vuelves ya?

Desde debajo de la cama una voz respondió: —Miauuu...¡en mi estómago está!

El Gato se había comido al Ratoncito. Y la pobre Mariposa quedó con el corazón destrozado. Lloró y lloró.

All her friends felt sorry for her. They brought her bunches of pretty flowers to cheer her up.

La Mariposa liked the flowers so much, she forgot all about living in a house, or being married. She spent all her days flying around from one flower to another.

She's still doing it. You can see her any day in summer. You'll know her by her new dress. It's bright yellow with black spots all over it!

Todos sus amigos le tuvieron lástima. Le trajeron ramos de flores bonitas para que se animara.

A la Mariposa le gustaron tanto las flores que ya no le importaba vivir en una casa, ni tampoco estar casada. Ya pasaba todos los días volando de flor en flor.

Y todavía lo hace. Puedes verla cualquier día de verano. La vas a conocer por su vestido nuevo. Es de un amarillo fuerte y cubierto de lunares negros.

13

Monday, Tuesday, Wednesday, Oh!

Once, at opposite sides of the very same town, there lived a poor woman and a rich woman.

Lunes, Martes, Miércoles, ¡Oh!

Una vez, en lados contrarios del mismo pueblo, vivían una señora pobre y una señora rica.

The poor woman's husband had died and left her with six children but without a penny with which to raise them.

The rich woman's husband had also died, but he had left her with a fortune in gold and silver. But the rich woman was very stingy and didn't like to share with anyone.

The poor woman thought and worried for a long time about how to feed her children, and the only idea she had was to ask the rich woman if she might work for her.

El marido de la pobre había muerto y la había dejado con seis hijos, pero sin un solo centavo con que mantenerlos.

El marido de la rica también había muerto, pero la había dejado con una fortuna de oro y plata. Pero la señora rica era tacaña y no le gustaba compartir nada con nadie.

La señora pobre pensó y se preocupó mucho sobre cómo dar de comer a su hijos, y la única idea que se le ocurrió fue pedirle empleo a la rica.

The rich woman told the poor woman to come to the house every day to clean the house and wash the clothes and make tortillas for the rich woman's children.

La señora rica le dijo a la pobre que viniera todos los días para limpiar la casa y lavar la ropa y hacer tortillas para los hijos de la rica.

So all day on Monday the poor woman spent the whole day at the rich woman's house cleaning the house and washing the clothes and—slap-pat, slap-pat—making tortillas. At the end of the day, she received no pay for her work. Tuesday was the same—clean the house, wash the clothes and—slap-pat, slap-pat—all the livelong day. Wednesday, Thursday, and Friday were no different.

Así que el lunes la pobre pasó todo el día en la casa de la rica, limpiando la casa y lavando la ropa y—pim-pam, pim-pam—haciendo tortillas. Al fin del día no recibió nada por su trabajo. El martes fue lo mismo—limpiar la casa, lavar la ropa y—pim-pam, pim-pam—todo el santo día. El miércoles, el jueves, y el viernes no fueron diferentes.

Then Saturday came. At the end of the day, the rich woman brought all the dry tortillas her family hadn't eaten during the week. She handed them to the poor woman and said, "Here is your pay for the week."

Luego vino el sábado. Al fin del día, la rica trajo todas las tortillas secas que no habían comido sus hijos durante la semana. Se las dio a la pobre, diciendo: —Aquí está tu pago por la semana.

The poor woman returned home and fed her children as best she could on the dry tortillas. And then she put her children to bed.

The poor woman sat in front of her fireplace, worrying and wondering, "What am I going to do? My children can't grow strong and healthy if all they eat is stale tortillas."

Then she got up and walked outside, hoping the cool air would clear her mind, so that she might think of some way to make a better living. She walked to the edge of the town.

La pobre regresó a casa y dio de comer a sus hijos lo mejor que pudo con las tortillas secas. Luego los acostó.

La señora pobre se sentó frente a la chimenea preocupándose y preguntándose: "Qué voy a hacer? Mis hijos nunca llegarán a ser fuertes y sanos comiendo nomás tortillas secas."

Luego se levantó y salió afuera, esperando que el aire fresco le aclarara la mente para que pudiera hallar cómo ganarse mejor la vida. Fue hasta las afueras del pueblo.

And then, from far away, she heard tiny voices singing:

Monday, Tuesday, Wednesday, Oh!
Monday, Tuesday, Wednesday, Oh!

The song seemed so happy that the poor woman followed its sound. She came to a clearing in the trees, and she saw a band of tiny men dancing in a circle and singing over and over:

Monday, Tuesday, Wednesday, Oh!
Monday, Tuesday, Wednesday, Oh!

Luego, de muy lejos, oyó unas vocecitas que cantaban:

Lunes, martes, miércoles, ¡oh!
Lunes, martes, miércoles, ¡oh!

La canción le pareció tan alegre que la señora siguió el sonido. Llegó a un claro entre los árboles y vio a un grupo de hombrecitos. Bailaban en círculo y cantaban una y otra vez:

Lunes, martes, miércoles, ¡oh!
Lunes, martes, miércoles, ¡oh!

21

The song made the poor woman smile. But it also made her think of how hard she had worked on Monday and Tuesday and Wednesday at the rich woman's house.

The poor woman sighed and said, "And Thursday, Friday and Saturday as well."

The little men stopped dancing and looked at her.

"What?" they asked the poor woman. "What did you say?"

La canción hizo sonreír a la señora pobre. Pero también la hizo pensar en lo mucho que había trabajado el lunes, el martes, y el miércoles en la casa de la señora rica.

La señora pobre suspiró y dijo: —Y el jueves, el viernes, y el sábado también.

Los hombrecitos dejaron de bailar y la miraron.

—¿Cómo? —le preguntaron a la señora—. ¿Cómo dijo usted?

22

The poor woman apologized. "Oh, excuse me, little men. I didn't mean to interrupt you. But I was thinking about the next three days, too. And then she had an idea, and she said to them, "Listen! Maybe you would like to sing:

Monday, Tuesday, Wednesday, Oh!
Thursday, Friday and Saturday, So!"

The little men tried the new song:

Monday, Tuesday, Wednesday, Oh!
Thursday, Friday and Saturday, So!

La señora pobre se disculpó: —Perdónenme, hombrecitos. No quise interrumpirles. Nomás es que estaba pensando en los tres días siguientes también. Luego le tocó una idea y les dijo: —Oigan. Tal vez quisieran cantar así:

Lunes, martes, miércoles, ¡oh!
Jueves, viernes y sábado, ¡so!

Los hombrecitos probaron la nueva canción:

Lunes, martes, miércoles, ¡oh!
Jueves, viernes y sábado, ¡so!

"Oh!" they said, "that's a good song!"
And they started to dance again, singing
the way the poor woman suggested.

They danced until the first rooster
crowed in the village. Then they
stopped their dance and went away.
But the leader of the little men stayed
behind. He walked up to the poor
woman stroking his beard.

—¡Oh! —dijeron— ¡Qué buena
canción! —Y volvieron a bailar,
cantando como la señora pobre les
había dicho.

Bailaron hasta que el primer gallo
cantó en el pueblo. Luego dejaron de
bailar y se fueron. Pero el jefe de los
hombrecitos se quedó atrás. Se acercó
a la señora pobre alisándose la barba.

"You made our dance happy," the leader said. "Every Saturday night when we dance on this spot, we'll sing the song you taught us." Then he reached behind a rock and brought out a clay pot. He handed it to the poor woman.

The poor woman thanked the little man over and over and then ran home. When she got to her house, she lifted the lid from the clay pot. It was full of gold! The poor woman hid all the gold except for one coin which she kept out to buy food for her children.

—Nos ha alegrado el baile —le dijo el jefe—. Todos los sábados vamos a bailar aquí con la canción que usted nos enseñó. —Luego metió la mano detrás de una piedra y sacó una olla de barro. Se la dio a la señora pobre.

La señora pobre le dio las gracias repetidas veces. Luego corrió a casa. Cuando llegó, quitó la tapadera de la olla. ¡Estaba llena de oro! La señora pobre escondió todo el oro, menos una moneda, la cual guardó para comprar comida para sus hijos.

The first time she went to the store for food, who should she meet up with on the street but the rich woman? When the rich woman saw the poor woman's packages she said, "Aha! You stole money from me when you worked in my house last week!"

"No. I haven't stolen anything from you," the poor woman answered. And she told her all about the little men who danced in the clearing on Saturday night, and how they had given her a pot full of gold.

La primera vez que fue a la tienda por comida, ¿con quién más se encontró en la calle que la señora rica? Al ver las compras de la pobre, la rica le dijo: —¡Ajá! Me robaste dinero cuando trabajaste en mi casa la semana pasada.

—No le he robado nada a usted— respondió la señora pobre. Y le contó lo de los hombrecitos que bailaban en el monte los sábados, y como le habían dado una olla llena de oro.

The rich woman thought, "Next Saturday night I'll go find those little men. I can get even more gold for myself!"

All week long the rich woman waited impatiently: Monday, Tuesday, Wednesday (Oh! The week seemed to be lasting forever.) Thursday, Friday...and finally, Saturday!

That evening the rich woman went to the edge of the town and listened. She heard the singing:

Monday, Tuesday, Wednesday, Oh!
Thursday, Friday and Saturday, So!

Pensó la rica: "Este sábado voy a buscar a esos hombrecitos para que me den aun más oro a mí."

Toda la semana la señora rica esperó impacientemente: lunes, martes, miércoles (¡Oh! La semana parecía durar para siempre.) jueves, viernes...y por fin, ¡sábado!

Aquella tarde fue la señora rica al límite del pueblo y escuchó. Oyó la canción:

Lunes, martes, miércoles, ¡oh!
Jueves, viernes y sábado, ¡so!

27

The little men were singing just as the poor woman had taught them to.

The rich woman followed the sound and came to the same clearing. She saw the tiny men dancing in a circle. She said to herself, "What stupid, ugly little men."

She listened to their song for a while, and then said, "You foolish little men. You have left out a day. You must sing Sunday, too."

Los hombrecitos cantaban justamente como la señora pobre les había enseñado.

La señora rica siguió el sonido y llegó al mismo claro. Vio bailar en círculo a los hombrecitos. Se dijo: "Qué hombrecitos más feos y necios."

Les escuchó cantar por un rato. Luego les dijo: —¡Hombrecitos tontos! Han olvidado un día. Han de cantar domingo también.

28

The little men stopped their dance. They tried singing the way she ordered them to:

Monday, Tuesday, Wednesday, Oh!
Thursday, Friday and Saturday, So!
Sunday too.

They shook their heads. They tried it again:

Monday, Tuesday, Wednesday, Oh!
Thursday, Friday and Saturday, So!
Sunday too.

The song didn't work for dancing. They all said angrily, "That song is good for nothing!" And they walked away.

Pararon los hombrecitos. Trataron de cantar como la señora les había mandado:

Lunes, martes, miércoles, ¡oh!
Jueves, viernes y sábado, ¡so!
Domingo también.

Todos movieron la cabeza negativamente. Volvieron a probar la canción:

Lunes, martes, miércoles, ¡oh!
Jueves, viernes y sábado, ¡so!
Domingo también.

La canción ya no tenía ritmo para bailar. Dijeron enojados: —¡Esa canción no sirve para nada! —Y se fueron.

29

But the leader of the little men stayed behind. He walked up to the rich woman stroking his beard.

"You have ruined our dance," he said.

But he reached behind the same rock and brought out a clay pot. He offered it to the rich woman.

Without so much as a "thank you," the rich woman grabbed the pot away from him and ran home. She lifted the lid from the pot and found: tarantulas!... black widow spiders!... scorpions!... centipedes!... snakes!... all kinds of poisonous creatures!

Pero el jefe de los hombrecitos se quedó atrás. Se acercó a la señora rica alisándose la barba.

—Nos ha estropeado el baile —le dijo.

Pero metió la mano detrás de la misma piedra y sacó una olla de barro. Se la ofreció a la señora rica.

Sin darle gracias ningunas, la señora rica le arrebató la olla y corrió a casa. Levantó la tapadera de la olla y halló: ¡tarántulas!... ¡viudas negras!... ¡alacranes!... ¡ciempiés!... ¡víboras!... ¡toda clase de bichos venenosos!

30

The rich woman was horrified. She ran around and around the house shouting. And then she ran out the door and down the road, and she may be running still.

But as for the poor woman, from that day on she and her children lived happily every day of the week:

Monday, Tuesday, Wednesday...
Thursday, Friday and Saturday...
and Sunday, too!

¡Se espantó la señora rica! Corrió por todo la casa pegando gritos. Luego salió afuera y se fue corriendo camino abajo. ¡Puede que esté corriendo todavía!

Pero en cuanto a la señora pobre, desde aquel día en adelante ella y sus hijos vivieron felices todos los días de la semana:

Lunes, martes, miércoles...
Jueves, viernes, sábado...
¡Y domingo también!

No Way, José

On a small farm in the high, high hills, lived a bossy little rooster named José.

One day a letter came to the farm. The letter was addressed to the rooster José. It was an invitation to the wedding of his Uncle Perico. And the wedding was going to be held the very next day.

¡De Ninguna Manera, José!

En una granja pequeña entre los cerros muy altos, vivía un gallito mandón que se llamaba José.

Un día llegó una carta a la granja. La carta era dirigida al gallo José. Era una invitación a la boda de su tío Perico. Y la boda se iba a celebrar al próximo día.

José was excited. He couldn't wait to go to his uncle's wedding. That night he didn't sleep a wink. He got up early the next morning, and the first thing he did was to sing—cock-a-doodle-doo!—to warm up his voice, because he thought they would ask him to sing a song for the wedding.

He straightened his feathers. He washed his face in the water bucket. And without even stopping to eat breakfast, he started down the road to go to the wedding of his Uncle Perico.

José se emocionó mucho. ¡Cuántas ganas tenía de ir a la boda de su tío! Aquella noche ni pegó un ojo. Al otro día se levantó muy de mañana y lo primero que hizo fue cantar —¡quiquiriquí!—para calentarse la voz, porque creía que iban a pedirle una canción en la boda.

Se arregló las plumas. Se lavó la cara en el cubo de agua. Y sin tardar para desayunar se encaminó para la boda de su tío Perico.

The sun came up and José saw that it was a beautiful morning. He felt like singing. He raised his head and sang— cock-a-doodle-doo!

But just then, from the corner of one eye, he saw a ripe red berry dangling from a bush beside the road. José hadn't had any breakfast, and he wanted to eat the berry. But he said to himself, "If I eat it, I'll dirty my beak, and I'm going to the wedding of my Uncle Perico."

Salió el sol y José vio que era una mañana hermosa. Le pegó la gana de cantar. Levantó la cara y cantó: —¡Quiquiriquí!

Pero en eso, desde la cola de un ojo, vio una mora roja y bien madura que colgaba de una zarza al lado del camino. José no había desayunado y quería comerse la mora. Pero se dijo: "Si me la como, me mancho el pico, y voy a la boda de mi tío Perico."

He didn't eat the berry. He walked on down the road. But before he walked much farther he felt like singing again. He raised his head and—cock-a-doodle-doo!

This time he saw a medium-sized berry. But José said to himself, "If I eat it, I'll dirty my beak, and I'm going to the wedding of my Uncle Perico."

He walked on down the road. But again he wanted to sing—cock-a-doodle-doo!

No se comió la mora. Siguió su camino. Pero a poco de caminar, le pegó de nuevo la gana de cantar. Levantó la cara y: —¡Quiquiriquí!

Esta vez vio una mora de tamaño mediano. Pero José se dijo: "Si me la como, me mancho el pico, y voy a la boda de mi tío Perico."

Siguió su camino. Pero otra vez le pegó la gana de cantar: —¡Quiquiriquí!

He saw a great big berry! And without even thinking about it—gulp!—he ate the berry. His beak was dripping with bright red juice from the berry! He couldn't go to a wedding with his beak covered with juice. He didn't know what to do.

Then José noticed the grass in the field by the edge of the road. So he stepped over to the grass and ordered:

"Grass, grass, clean off my beak.
I'm going to the wedding
of my Uncle Perico!"

¡Vio una mora pero grandota! Y sin pensarlo nada—¡golp!—se comió la mora. Su pico quedó mojado del jugo colorado de la mora. No podía ir a la boda con el pico manchado de jugo. No sabía qué hacer.

Luego José notó el zacate del campo al lado del camino. Se arrimó al zacate y mandó:

—Zacate, zacate, límpiame el pico,
¡que voy a la boda de mi tío Perico!

But the grass didn't like to be bossed around by a rooster. It swished back and forth and said:

No Way, José!

José couldn't believe his ears. How could the grass refuse to obey him! He thought he would punish the grass. He looked around and saw a sheep grazing in the middle of the field.

Pero al zacate no le gustó que le mandara un gallo. Se movió de un lado al otro y susurró:

—¡De Ninguna Manera, José!

José no podía creer lo que oía. ¿Cómo podía el zacate negarse a obedecerle? Pensó castigar el zacate. Miró alrededor y vio una oveja que pastoreaba en medio del campo.

He commanded:

"Sheep, sheep, eat the grass.
The grass won't clean off my beak,
and I'm going to the wedding
of my Uncle Perico!"

The sheep didn't like to be bossed around by a rooster either. She lifted her head and bleated:

No Way, José!

Mandó:

—Oveja, oveja, come zacate.
Zacate no quiere limpiarme el pico,
¡y voy a la boda de mi tío Perico!

A la oveja tampoco le gustó ser mandada por un gallo. Alzó la cabeza y baló:

—¡De Ninguna Manera, José!

If the sheep didn't want to obey him, he would tell the wolf to kill the sheep:

"Wolf, wolf, kill the sheep.
The sheep won't eat the grass.
The grass won't clean off my beak,
and I'm going to the wedding
of my Uncle Perico."

But the wolf didn't let anyone boss him around. He looked over his shoulder and growled:

No Way, José!

Si la oveja no quería obedecer, mandaría al lobo que matara a la oveja:

—Lobo, lobo, mata a la oveja.
Oveja no quiere comer el zacate.
Zacate no quiere limpiarme el pico.
¡y voy a la boda de mi tío Perico!

El lobo no se dejaba mandar por nadie. Le miró por encima del hombro y le gruñó:

—¡De Ninguna Manera, José!

Whenever the dog saw the wolf, he would run out and bite it. So José ordered:

"Dog, dog, bite the wolf.
The wolf won't kill the sheep.
The sheep won't eat the grass.
The grass won't clean off my beak,
and I'm going to the wedding
of my Uncle Perico!"

The dog was napping in the shade. It just opened one eye and howled:

No Way, José!

Siempre que el perro veía al lobo, salía a darle una mordida. Así que José le mandó:

—Perro, perro, muerde al lobo.
Lobo no quiere matar a la oveja.
Oveja no quiere comer el zacate.
Zacate no quiere limpiarme el pico,
¡y voy a la boda de mi tío Perico!

El perro estaba dormitando en la sombra. Abrió un solo ojo y aulló:

—¡De Ninguna Manera, José!

Whenever the man got mad at the dog, he would hit the dog. Jose shouted:

"Man, man, hit the dog.
The dog won't bite the wolf.
The wolf won't kill the sheep.
The sheep won't eat the grass.
The grass won't clean off my beak,
and I'm going to the wedding
of my Uncle Perico!"

The man was resting in a chair. He leaned back and laughed:

No Way, José!

Cuando el hombre se enojaba con el perro, lo pegaba. José gritó:

—Hombre, hombre, pégale al perro.
Perro no quiere morder al lobo.
Lobo no quiere matar a la oveja.
Oveja no quiere comer el zacate.
Zacate no quiere limpiarme el pico.
¡y voy a la boda de mi tío Perico!

El hombre estaba descansando en una silla. Se echó hacia atrás y rió:

—¡De Ninguna Manera, José!

José didn't know who could make the man obey. Then he remembered something—whenever the man went walking across the hillside near the farm, he always circled around the old graveyard up on the hill. The man was afraid of ghosts!

José screamed:

"Ghosts, ghosts, scare the man.
The man won't hit the dog.
The dog won't bite the wolf.
The wolf won't kill the sheep.
The sheep won't eat the grass.
The grass won't clean off my beak,
and I'm going to the wedding
of my Uncle Perico!"

And all the ghosts in the old graveyard said:

oooooOOOOOAAAAA-HA-HA-HA-HA-HAAAAA!!!!

José no sabía quién podría hacer obedecer al hombre. Luego se acordó de algo: siempre que el hombre atravesaba la ladera cerca de la granja, se desviaba para no pasar por el cementerio que había ahí. El hombre temía a los muertos. José gritó a toda voz:

—Muertos, muertos, espanten al hombre.
Hombre no quiere pegar al perro.
Perro no quiere morder al lobo.
Lobo no quiere matar a la oveja.
Oveja no quiere comer el zacate.
Zacate no quiere limpiarme el pico,
¡y voy a la boda de mi tío Perico!

Y todos los fantasmas del cementerio dijeron:

—¡¡oooooOOOOAAAAAAAA-JA-JA-JA-JAAAAAAAAAAA!!

The man's eyes opened as big as tortillas!
He grabbed a stick and ran after the dog.
The dog ran away—yipe! yipe! yipe!
He bit the wolf right on the tip of his tail!
The wolf jumped on the sheep with all four feet!
The sheep started eating grass as fast as she could!
And—swish-a-swish-a-swish—the grass cleaned José's beak.
And he went to the wedding of his Uncle Perico.

But when he asked if they'd like him to sing for the wedding, the guests all plugged their ears and said:

No Way, José!

¡Al hombre se le abrieron los ojos hasta el tamaño de tortillas!
Agarró un palo y corrió tras el perro.
El perro huyó, diciendo: —¡Ai-ai-ai!—
Mordió la punta de la cola al lobo.
El lobo saltó encima de la oveja con las cuatro patas.
¡La oveja se puso a comer zacate a toda prisa!
Y—ziz-ziz-ziz—el zacate limpió el pico al gallo José.
Y se fue para la boda de su tío Perico.

Pero cuando José les ofreció cantar una canción para festejar la boda, todos los invitados se taparon los oídos y le dijeron:

—¡De Ninguna Manera, José!

The Terrible Tragadabas

Long ago there was an old grandma with three little granddaughters. She called the youngest girl Little Bitty. She called the middle one Middle Size. And she called the oldest girl Great Big.

El Terrible Tragadabas

Hace muchos años vivía una abuelita con sus tres nietecitas. A la menor le decía Pequeñita. A la del medio le decía Mediana. Y a la mayor le decía Grandota.

The grandma was raising the girls all by herself. It was a lot of work. But they were good girls and they always helped their grandma with the chores around the house. When they were especially helpful, she would give them some money so that they could go to the store and buy some little cakes and honey.

La abuelita estaba criando sola a las niñas. Le costaba mucho trabajo. Pero eran buenas niñas, y siempre le ayudaban a su abuelita con todos los quehaceres de la casa. Cuando le ayudaban mucho, la abuelita les daba dinero para que fueran a la tienda para comprar tortitas y miel.

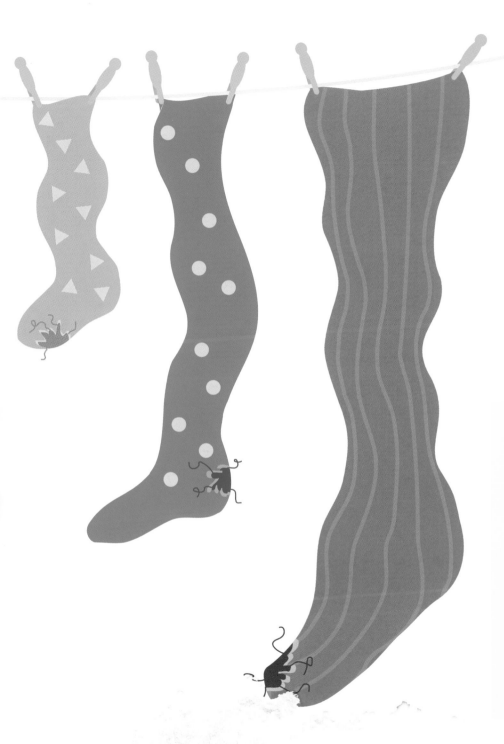

One day the grandma washed all the clothes. When they were good and dry, she sorted them out and she looked at the little bitty socks. They all had holes in them. She looked at the middle-sized socks and they all had holes in them, too. And so did the great big socks. The grandma said, "We'd better mend these socks right now!"

She sat down in her rocking chair with the socks in her lap. She called the girls and they came and sat on the floor in front of her.

Un día la abuelita lavó toda la ropa. Cuando estuvo bien seca estaba separándola y miró las medias pequeñitas. Todas tenían agujeros. Miró las medias medianas, y todas tenían agujeros también. Y también los tenían las medias grandotas. Dijo la abuelita: —Vale más que remendemos estas medias ahora mismo.

Se sentó en la mecedora con las medias en el regazo. Llamó a las niñas y ellas vinieron a sentarse en el piso a sus pies.

49

The grandma gave one pair of little socks to Little Bitty. She gave two pairs of middle-size socks to Middle Size. And she gave three pairs of big socks to Great Big.

They all started sewing.

It wasn't very long before Little Bitty looked up and said, "Grandma, I'm all done!"

The grandma smiled. "Oh, what a good girl! You can go to the store and buy some little cakes and honey!"

La abuelita le dio un par de medias pequeñitas a Pequeñita. Le dio dos pares de medias medianas a Mediana. Y tres pares de medias grandotas le dio a Grandota.

Todas se pusieron a coser.

Después de poco tiempo Pequeñita levantó la cara y dijo: —Abuelita, ¡ya acabé!

La abuelita le dijo: —¡Qué buena niña! Puedes ir a la tienda para comprarte tortitas y miel.

She gave her some money. The girl went running down the street, singing to herself,
"Tee-ree-dee-lee-lee. Tee-ree-dee-lee-lee."

She got to the store, but the door was closed. So she knocked: tap-tap-tap. From inside the store, a voice roared, "WHO IS IT?"

The girl answered, "I'm Little Bitty." The voice said,

"LITTLE BITTY, LITTLE BITTY,
DON'T YOU COME INSIDE.
I'M THE TRAGADABAS,
AND I'LL SWALLOW YOU ALIVE!"

Le dio dinero y la niña fue corriendo por la calle, cantando una canción:
—Ti-ri-di-li-li. Ti-ri-di-li-li.

Llegó a la tienda, pero la puerta estaba cerrada. Tocó a la puerta: Tan-tan-tan.

Dentro de la tienda una voz rugió:
—¿QUIÉN ES?

Respondió la niña: —Soy Pequeñita.
Rugió la voz:

—PEQUEÑITA, PEQUEÑITA
NO ENTRES PARA ACÁ.
QUE SOY EL TRAGADABAS
¡Y TE VOY A TRAGAR!

51

But Little Bitty had never heard about the Terrible Tragadabas. She said, "Tragadabas? What's a Tragadabas?"
She opened the door—creeaaak.
She went inside and looked around.
She didn't see anyone.
But suddenly...from behind the door...out jumped...

THE TRAGADABAS!

Pero Pequeñita no había oído nunca del Terrible Tragadabas. Dijo:
—¿Tragadabas? ¿Qué es un Tragadabas?
Abrió la puerta: Cruuu.
Entró en la tienda.
No vio a nadie.
Pero de repente...desde detrás de la puerta...salió de un salto...

¡EL TRAGADABAS!

The girl started to run. She ran out of the store and up the street as fast as her little bitty legs could carry her. She came to a big tree and climbed up to a high branch.

And she didn't come down again!

Rompió a correr la niña. Salió corriendo de la tienda. Fue corriendo calle arriba lo más rápido que le daban sus piernas pequeñitas. Llegó a un árbol grande y se subió hasta una rama bien alta.

¡Y no volvió para abajo!

Back at home the grandma was rocking and stitching, rocking and stitching. Then Middle Size looked up and said, "Grandma, I'm all done!"

The grandma said, "What a good girl! You can go to the store and buy some little cakes and honey."

Middle Size went running down the street, singing the same song, "Tee-ree-dee-lee-lee. Tee-ree-dee-lee-lee."

She got to the store, but the door was closed. So she knocked: Tap-Tap-Tap.

En casa la abuelita se mecía y cosía, se mecía y cosía. Luego Mediana levantó la cara y dijo: —Abuelita, ¡ya acabé!

—¡Qué buena niña! Puedes ir a la tienda para comprarte tortitas y miel.

Mediana fue corriendo por la calle, cantando la misma canción:

—Ti-ri-di-li-li. Ti-ri-di-li-li.

Llegó a la tienda, pero la puerta estaba cerrada. Tocó a la puerta: Tan-Tan-Tan.

"WHO IS IT?"
"I'm Middle Size."

"MIDDLE SIZE, MIDDLE SIZE,
DON'T YOU COME INSIDE.
I'M THE TRAGADABAS,
AND I'LL SWALLOW YOU ALIVE!"

But Middle Size shrugged,
"Tragadabas? What's a Tragadabas?"
She opened the door—creeaaaak.
She went inside...
Out jumped...

THE TRAGADABAS!

—¿QUIÉN ES?
—Soy Mediana.

—MEDIANA, MEDIANA,
NO ENTRES PARA ACÁ.
QUE SOY EL TRAGADABAS
¡Y TE VOY A TRAGAR!

Mediana encogió los hombros.
—¿Tragadabas? ¿Qué es un
Tragadabas?
Abrió la puerta: Cruuu.
Entró en la tienda.
Se le salió...

¡EL TRAGADABAS!

The girl started to run. She ran out of the store and up the street as fast as her middle-size legs could carry her. She came to the big tree and she climbed up to an even higher branch.

And she didn't come down again!

At home the grandma was rocking and stitching, rocking and stitching. Great Big looked up and said, "Grandma, I'm all done!"

"What a good girl! You can go to the store and buy some little cakes and honey!"

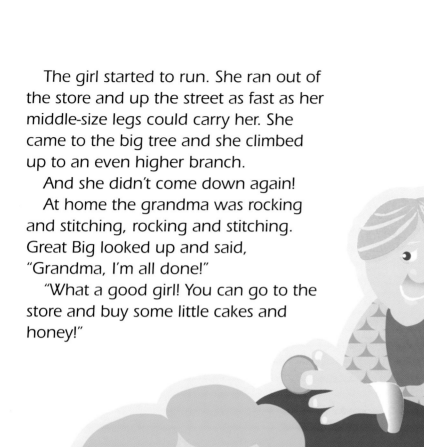

Rompió a correr la niña. Salió corriendo de la tienda. Fue corriendo calle arriba lo más rápido que le daban sus piernas medianas. Llegó al árbol grande y se subió hasta una rama aun más alta.

¡Y no volvió para abajo!

En casa la abuelita se mecía y cosía, se mecía y cosía. Grandota levantó la cara y dijo:

—Abuelita, ¡ya acabé!

—¡Qué buena niña! Puedes ir a la tienda para comprarte tortitas y miel.

Great Big went running down the street, singing the song,
"Tee-ree-dee-lee-lee. Tee-ree-dee-lee-lee."
She got to the store. The door was closed. She knocked: TAP-TAP-TAP.
"WHO IS IT?"
"I'm Great Big!"

"GREAT BIG, GREAT BIG,
DON'T YOU COME INSIDE.
I'M THE TRAGADABAS,
AND I'LL SWALLOW YOU ALIVE!"

Fue Grandota corriendo por la calle, cantando la misma canción:
—Ti-ri-di-li-li. Ti-ri-di-li-li.
Llegó a la tienda. Vio la puerta cerrada. Tocó: TAN-TAN-TAN.
—¿QUIÉN ES?
—Soy Grandota.

—GRANDOTA, GRANDOTA,
NO ENTRES PARA ACÁ.
QUE SOY EL TRAGADABAS
¡Y TE VOY A TRAGAR!

"Tragadabas? What's a Tragadabas?"
She opened the door—creeaaak...
Out jumped...

THE TRAGADABAS!

The girl started to run. She ran out of the store and up the street as fast as her great big legs could carry her! She came to the big green tree and climbed up to the highest branch of all.

She didn't come down again!

—¿Tragadabas? ¿Qué es un Tragadabas?
Abrió la puerta: Cruuu.
Salió...

¡EL TRAGADABAS!

La niña rompió a correr. Salió corriendo de la tienda. Fue corriendo calle arriba lo más rápido que le daban sus piernas grandotas. Llegó al árbol grande y se subió hasta la rama más alta de todas.

¡Y no volvió para abajo!

At home the grandma was rocking and stitching, rocking and stitching. She said, "Where are those girls? I'll have to go and get them!"

She took her walking stick and went walking down the street and she got to the store. With her stick she knocked on the door: tap-tap-tap-tap.

"WHO IS IT?"

"I'm the grandma."

"GRANDMA, GRANDMA,
DON'T YOU COME INSIDE.
I'M THE TRAGADABAS,
AND I'LL SWALLOW YOU ALIVE!"

En casa la abuelita se mecía y cosía, se mecía y cosía. Luego dijo: —¿Dónde están mis nietecitas? Vale más que yo vaya por ellas.

Tomó su bastoncito y fue caminando por la calle. Llegó a la tienda y con el bastón tocó a la puerta: Tan-tan-tan-tan.

—¿QUIÉN ES?

—Soy la abuelita.

—ABUELITA, ABUELITA,
NO ENTRES PARA ACÁ.
QUE SOY EL TRAGADABAS
¡Y TE VOY A TRAGAR!

La abuelita conocía bien al Terrible Tragadabas. Exclamó:

—¡El tragadabas! Se habrá tragado a mis nietecitas!

Se fue la abuelita llorando.

Pero en eso, vino alguien zumbando por la calle. Era una abeja—¡una abejota! La abeja dijo:

—Zuuum... Abuelita, ¿por qué está llorando?

Dijo la abuelita:

—Es que el Tragadabas se ha tragado a mis nietecitas.

The grandma knew all about the Terrible Tragadabas. She gasped, "The Tragadabas! He must have swallowed my grandchildren!" She walked away crying to herself.

But just then someone came buzzing up the street. It was a bee—a great big bumblebee! The bee said, "Bzzzzzzz...Grandma, why are you crying?"

The grandma said, "It's because the Tragadabas has swallowed my grandchildren."

The bee said, "Bzzzzzz...I'm not afraid of the Tragadabas."

The bee went buzzing down the street and up to the store. With her little foot she knocked: tip-tip-tip.

"WHO IS IT?"

The bee answered,

> "I am the bumblebee
> with a stinger on my rump.
> And when I start to sting you,
> I'll really make you jump."

And the bee flew right in through the window and stung the Terrible Tragadabas.

La abeja le dijo: —Zuuum...Yo no tengo miedo del Tragadabas.

Se fue zumbando por la calle. Llegó a la tienda. Con su patita tocó a la puerta: Tin-tin-tin.

—¿QUIÉN ES?

Respondió la abeja:

> —Yo soy la abeja
> con el aguijón atrás.
> Te voy a dar piquetes,
> ¡y tu brincarás!

La abeja se metió por una ventana y picó al Tragadabas.

He hollered—Oooouuuuu!—and jumped into the air.

The Tragadabas started to run. He ran out of the store and up the street as fast as his hairy legs could carry him.

He ran past the grandma. He ran past the big tree. He disappeared over the hill with the bee stinging him at every step he took.

Gritó: —¡Aauuu! —Y pegó un brinco.

Rompió a correr el Tragadabas. Salió corriendo de la tienda. Fue corriendo calle arriba lo más rápido que le daban sus piernas peludas.

Pasó corriendo a la abuelita. Pasó el árbol grande. Desapareció al otro lado del cerro y la abeja lo estaba picando a cada paso.

Then down from the high branch of the big green tree climbed Little Bitty.

Down from the higher branch climbed Middle Size.

Down from the highest branch climbed Great Big.

And down from the very tip-top of the tree climbed...the storekeeper! He got scared first.

The bee came back and the store keeper invited everyone inside to eat some...little cakes and honey!

Desde la rama bien alta del árbol se bajó Pequeñita.

Desde la rama aun más alta se bajó Mediana.

Desde la rama más alta de todas se bajó Grandota.

Y desde la mera punta del árbol se bajó...¡el dueno de la tienda! ...Él se había espantado primero.

Volvió la abeja, y el dueño de la tienda las invitó a todas a la tienda para comer...¡tortitas y miel!

Joe's Notes About The Stories

Mariposa, Mariposa

Like most of the tales in this little collection, this is an example of what folklorists call "formula tales." A pattern is established early and then repeated throughout the story. Finally a slight variation in the pattern precipitates the conclusion. The pattern of several suitors asking an improbable beauty to marry them is extremely common around the world. In most Spanish-speaking lands the object of desire is usually a cockroach–"la cucurachita Martina." A version collected by the legendary folklorist Aurelio M. Espinosa inspired my telling. In many traditional versions the mouse meets his end by falling into a pot of stew. In Espinosa he gets up to pee. I send him off to get a drink of water.

Monday, Tuesday, Wednesday, Oh!

Usually known as an Irish tale, or as a Jewish story, it also occurs in Juan B. Rael's **Cuentos españoles de Colorado y Nuevo México** and also in Nina Otero's **Old Spain in Our Southwest**, a book long out of print. Because I tell the tale in a bilingual style, I changed the song so that it will rhyme in each language. But, in doing so, I lost a good chunk of meaning because the phrase "domingo siete" in the original resonates strongly for many Spanish speakers–"salir con el domingo siete" means to put your foot in your mouth and "salir domingo siete" means to get yourself into a really bad predicament. Finally, most traditional versions feature two hunchbacks rather than a rich woman and a poor woman. I felt uncomfortable with the implied attitude toward physical deformity and since the rich person / poor person contrast is very common in folklore, I inserted it into this tale.

No Way, José

This cumulative tale appears in all Spanish speaking lands, and in many others as well. The rooster is not named José, however. He is named Nico, which rhymes with "pico." But kids so enjoy saying "No way, José" that I had to add it to my telling. There are many versions in print. I relied most heavily on Espinosa's version in **Cuentos populares españoles**. Using the ghosts to turn the story into a "jump" tale is my innovation and has turned out to be the part of the story the children like best.

The Terrible Tragadabas

All children beg for "scary" stories, and this is a perfect one. The correct Spanish word is "tragaldabas," which means a glutton. I notice that children always simplify the word, so I followed their lead and dropped the "l." This is really the same tale as the better-known one of the billy goat who won't leave the garden and is finally driven out by the ant. Traditional tellings of that story almost always feature a threatening verse spoken by the goat and a funny, sometimes mildly vulgar, one given by the ant. Espinosa collected the story in Spain early in the 20th century and one is found printed in Almodóvar's **Cuentos al amor de la lumbre**.

ACKNOWLEDGMENTS
The four stories included in this collection were previously published as individual books by Trails West Publishing.

TELL ME A CUENTO / CUÉNTAME UN STORY
Copyright©1998 by Joe Hayes.
Illustrations copyright©1998 by Geronimo Garcia.

FIRST EDITION

10 9 8 7 6 5 4

Library of Congress Cataloging-in-Publication Data

Hayes, Joe.
    Tell me a cuento = Cuéntame un story / by Joe Hayes : illustrations by Geronimo Garcia.
        p.   cm.
    Contents: A collection of four stories presented in both English and Spanish: "No Way, José! ("De Ninguna Manera, José"), "Mariposa, Mariposa," "The Terrible Tragadabas" ("El Terrible Tragadabas") and "Monday, Tuesday, Wednesday, Oh!" ("Lunes, Martes, Miércoles, O!").
        ISBN 0-938317-43-1 (pbk.)
        1. Children's stories, American—Translations into Spanish.
[1. Short stories. 2. Spanish language materials—Bilingual.]
Garcia, Geronimo, 1960- . II. Title.
PZ73.H345 1998
[E]—dc21
                                                98-11370
                                                CIP
                                                AC

Illustrations, cover design, book design, and typesetting by Geronimooo Design of El Paso, Texas.
Color separations by RJ Service Bureau of El Paso.
Thanks to Daniel Santacruz for editing the Spanish and to Suzy Morris for help in production.

For more information contact us at 800-566-9072 or on the web at www.cincopuntos.com.

Cinco Puntos Press